LES AMOURS
DE
MIRTIL.

......Nulla Viro juranti femina credat,
Nulla Viri speret sermones esse fideles.

Catull. Argon. Utic.

A CONSTANTINOPLE.
1761.

Louis Legrand inv. et Sculp.

A
MADAME D...

MADAME,

Un Ouvrage composé de Tableaux, où, sous des formes variées, on n'a peint que l'Amour, la Beauté, les Graces; vous appartient à ce seul titre.

Vos droits se lisent dans vos yeux ; ils sont écrits sur la plus aimable figure. Dirai-je tous ceux que vous donnent encore un goût délicat, un sentiment fin, un jugement sûr ? ce seroit presque vous nommer.

L'Auteur se seroit empressé, sans doute, à vous en faire lui-même l'hommage, s'il avoit le bonheur de vous connoître. Ainsi, en vous l'offrant, MA-DAME, je préviens ses intentions ; je paye le tribut que sa plume doit aux agrémens qui font l'objet d'un Écrit fait pour l'amufement du beau Sèxe.

Je fuis avec bien du refpect,

MADAME,

Votre très-humble & très-obéiffant ferviteur ***,

LES

CHANT I.

H. Gravelot inv.

Louis Legrand Sculp

LES
AMOURS
DE
MIRTIL.

CHANT PREMIER.

VÉNUS pleuroit encore la triste deftinée du Chaffeur Adonis, & fes longs gémiffèmens faifoient

A

retentir les forêts. La Déesse affligée, négligeant les doux parfums qui brûloient dans ses Temples, ne se plaisoit que dans les lieux où elle avoit vû son Amant. Là, elle n'est occupée que de ses regrets & de sa douleur ; elle s'abandonne aux plus violens transports. Tantôt d'un pas rapide elle parcourt les lieux qui furent témoins de ses plaisirs ; tantôt elle appelle Adonis : elle le demande aux cieux, elle le demande aux enfers ; mais les voyant sourds à sa voix, elle se plaint d'être immortelle.

Les larmes des Amours, les soins empressés des Graces, la tristesse de

toute la Nature, rien ne peut bannir du cœur de Vénus le fouvenir
d'un mortel qui lui fut fi cher. Comme elle, fans doute, fes regrets, fes
tendres regrets auroient été éternels, fi elle ne fe fût apperçue,
qu'elle portoit dans fon fein un
précieux gage de fes amours ; ce
dépôt heureux la confola de la
perte d'Adonis, & bientôt elle
donna au monde un fils, la vivante
image de fon père.

Non loin du Temple d'Ama-
thonte, eft un Vallon délicieux
où jamais les cruels Aquilons ne
foufflèrent les frimats ; les Zéphirs
y carreffent continuellement les

airs de leur ſouffle amoureux. Flore ne quitte ces lieux qu'à regret, & le fidèle Vertumne y ſoupire ſans ceſſe auprès de la belle Pomone.

Sur le ſommet du Vallon, eſt un hameau conſacré à Vénus. Tous les jours les Bergers & les Bergères, couronnés de fleurs nouvelles, y chantent ſes louanges. La Déeſſe ſe plaît à les entendre ; elle aime leurs chants inſpirés par la ſimple nature ; elle protège ce hameau fortuné ; elle en a banni pour jamais l'inquiète ambition & la triſte indigence : favorable aux amours des Bergers, elle éloigne du cœur des

innocentes Bergères & l'inconftan-
ce & l'artifice. Jamais les amans
heureux & tranquilles n'y furent
en proie aux fureurs de la noire
jaloufie ; toujours amoureux & toujours aimés, ils coulent des heures
filées par les mains du Plaifir.

C'eft dans ces lieux que la
Déeffe d'Amathonte dépofa fon
cher fils ; un vieux Berger nom-
mé Palémon, dont elle connoiffoit
les talens & le zèle, fut chargé
de fon éducation. A peine le jeune
Mirtil commençoit à balbutier,
qu'on lui faifoit répéter le nom de
fa Mère : bientôt plus avancé en
âge, on lui fit connoître fa naif-

fance. Souvent le vieux Palémon
lui chantoit les amours de Vénus
& d'Adonis. Mirtil écoutoit avi-
dement fes chanfons ; déja même
il connoiſſoit l'avantage d'être né
d'une Immortelle. Enfin parvenu
à cet âge où les jeunes cœurs com-
mencent à fentir qu'ils font faits
pour aimer, il chantoit avec les
Bergers les louanges de fa Mère,
& Vénus écoutoit avec complai-
fance les accens naïfs de fon fils.

O ! vous qui règnez fur tous les
cœurs, fille immortelle de l'Océan,
vous dont les attraits furpaffent
ceux de toutes les Déeſſes ; fi le
fouvenir d'Adonis flatte encore

votre cœur, envoyez-moi votre ceinture par la main des Graces, je vais chanter votre fils.

Et vous, chaſte Muſe! vous qui d'une main délicate cueillez des fleurs champêtres, ſemez-les ſur mes écrits.

UN Jour que le jeune Mirtil conduiſoit dans la prairie les troupeaux de Palémon, il vit deux Colombes plus blanches que la neige, qui fendoient d'un vol rapide le vaſte eſpace des airs. Ces oiſeaux, conſacrés à ſa Mère, lui rappellèrent ſon origine; ſon jeune cœur en fut ému, il ſoupira, &

accordant l'harmonie de ſes chants aux doux ſons de ſon haut-bois, il chanta les amours auxquels il devoit la naiſſance. Vénus en fut touchée : elle détacha de ſa ſuite *LE TALENT DE PLAIRE.* Allez, dit-elle, ſoumettez tous les cœurs à mon fils. Auſſitôt, docile à ſa voix, cette Divinité déploye ſes aîles argentées, & dirige ſon vol auprès du jeune Berger. A ſon aſpect il ſent une tendre émotion, ſon cœur forme déja des deſirs, bientôt il triomphera de la plus belle Bergère du hameau.

Pour ſe mettre à l'abri de la chaleur, les Bergères étoient entrées dans un bois de myrte, dont les rameaux verdoyans ombrageoient une onde pure qui erroit lentement dans la prairie. Mirtil, guidé fans doute par l'Amour, y porte fes pas : il paroît, & toutes defirent de lui plaire ; il parle, & les doux fons de fa voix font naître la tendreffe & l'amour. Chacune en fecret forme le projet de l'arrêter dans fes liens ; elles déteftent, pour la première fois, les attraits de leurs compagnes, & la crainte de voir le beau Mirtil paffer fous l'empire d'une autre, introduit dans leurs cœurs la funefte jaloufie. Mais c'eft à toi, jeune Amarillis, que le triomphe eft réfervé.

En effet, le fils de Vénus ne put réſiſter aux charmes de cette jeune Bergère. L'amour & les deſirs peints dans les yeux, il l'approche, il lui dit qu'il l'adore. Les compagnes d'Amarillis ne pouvant ſouffrir un langage qui fait honte à leurs appas, l'abandonnent : elle veut les ſuivre, ſon amant s'oppoſe à ſa fuite ; elle eſſayé encore de s'éloigner, Mirtil l'appelle tendrement, & le charme de ſa voix la retient. Alors il lui adreſſe ce diſcours : ›› Amarillis, c'eſt vous qui la ›› première avez triomphé de mon ›› cœur, ce ſont vos attraits qui ont ›› enchaîné ma liberté ; je porte ›› avec joie des fers ſi précieux,

» mais ferez-vous fenfible à mon
» amour ? puis-je enfin efpérer de
» vous le facrifice de mes rivaux ?
» Parlez, adorable Bergère, pro-
» noncez fur mon fort : ô Vénus,
» foyez-moi propice ! «

Amarillis rougit, la Pudeur vole
fur fon vifage ; elle oppofe en vain
au difcours féducteur du Berger fes
traits les plus puiffans, un foupir
détruit fon ouvrage. La Bergère
n'a plus de reffource que dans la
fuite ; elle tâche de fe dégager des
bras de fon amant ; l'amoureux
Mirtil la retient par fes larmes, &
bientôt l'Amour y mêle celles de
la Bergère. O charme féduifant !

jeunes amans, vous goûtez les plus tendres plaifirs de l'amour; coulez, heureufes larmes, tendres fruits du délire, vous exprimez l'ivreffe des cœurs.

Telle qu'on voit une rofe ouvrir fon fein amoureux aux douces haleines des Zéphirs, telle & plus aifément encore Amarillis cède aux tranfports de fon amant.

Cependant l'hôte divin de Thétis plongeoit fon char enflammé dans le fein des ondes ; la plaintive Philomèle commençoit dans les bois à déplorer fes malheurs ; la feule Fauvette ofoit mêler fa voix timide aux accords variés de fes

chants harmonieux ; déja tous les
Bergers ramenoient leurs troupeaux à la bergerie ; les hautbois
fur lefquels ils avoient foupiré leurs
amours, pendoient oififs à leurs
côtés. Ils repaffoient les plaifirs
qu'ils avoient goûtés avec leurs
amantes, & ce délicieux fouvenir
les confoloit de leur abfence.

Nos deux amans, charmés l'un
de l'autre, étoient encore dans les
bras de l'amour ; ils oublioient que
bientôt la nuit alloit jetter fes fom-
bres voiles fur la furface de la terre,
lorfque la fœur d'Amarillis, fati-
guée d'avoir raffemblé feule un
nombreux troupeau, vint trou-

bler leur agréable retraite. A son abord, Amarillis rougit ; un timide embarras se peint sur son visage, & que ce désordre la rend belle aux yeux de son amant ! Psyché surprise par Vénus dans les embrassemens de l'Amour, n'avoit pas tant de graces. Mirtil ne peut se résoudre à la quitter, il l'embrasse cent & cent fois, il veut l'embrasser encore ; mais la Bergère s'arrache de ses bras, & s'éloigne. L'amoureux fils de Vénus la suit des yeux, elle disparoît ; il croit encore la voir, il l'appelle : la raison dissipe enfin l'épais nuage dont l'amour avoit obscurci sa vue, il s'apperçoit, avec surprise, que de tous les Bergers il eſt reſté ſeul dans la prairie, & raſſemble promptement ſon troupeau. Cependant avant que de partir, il ſe couronne de myrte, & tournant les yeux du côté d'Amathonte, il adreſſe cette prière à Vénus.

O ma Mère ! quelles douceurs on goûte ſous votre empire ! Quels momens délicieux j'ai coulés auprès de la belle Amarillis ! mon cœur en eſt encore attendri… Mais quel trouble inconnu vient m'agiter… Si elle ceſſoit de m'aimer, ſi….. Pardonnez, Amarillis, ces coupables ſoupçons : vous êtes trop belle, vous m'êtes trop chère ; tous les

Bergers, jaloux de mon bonheur,
vont redoubler leurs ſoins & leurs
empreſſemens pour vous plaire. O
ma chère amante ! ſoyez-moi toujours fidelle. Et vous, ma Mère !
conſervez-moi un cœur qui fait
tout le bonheur de ma vie. A peine
a-t-il fini ces paroles, qu'il voit voltiger dans les airs un Amour qui
tient dans ſes mains la flèche dont
il a percé le cœur d'Amarillis ;
l'Amour vole auprès du Berger,
& le regardant avec un ſouris
vainqueur, il lui tient ce langage.
La Reine d'Amathonte m'envoye
pour calmer vos inquiétudes ; voilà
le trait qui vous a fait triompher
de votre amante, conſervez-le
ſoigneuſement,

foigneufement, & vous ferez fûr
de fon cœur. Il dit, & battant fes
aîles d'or & d'azur, il laiffe après
lui un long fillon de lumière. Le
Berger admire le don précieux
qu'il vient de recevoir des mains
de l'Amour ; il le baife mille &
mille fois. Heureux inftrument de
mon bonheur , s'écrie-t-il avec
tranfport, que les coups que tu as
portés foient éternels ! Mirtil rend
de nouvelles graces à fa Mère, &
ayant fufpendu fa couronne à un
myrte, il regarde encore au loin
s'il ne verra pas fon amante. Ses
fens enchantés lui retracent mille
fois ce phantôme charmant, il difparoît enfin : Amarillis étoit déja

arrivée à fon hameau, & la fombre
nuit chaffant de la prairie l'amoureux fils d'Adonis, il ramène à pas
précipités fon troupeau dans la
bergerie.

H. Gravelot inv.   Louis Legrand Sc.

CHANT SECOND.

Toute la Nature étoit dans un profond silence : Morphée s'é-toit emparé des traits de l'Amour ; les amans fortunés, pleins d'une douce ivreffe, repofoient molle-ment fur le fein de leurs amantes ; les fleurs ne brilloient pas encore des larmes que répand la mère de Memnon ; les bois, les tranquilles bois ne réfonnoient point du chant de leurs aimables habitans ; mais le fils de Vénus, agité par les tranf-ports les plus doux, avoit déja quitté

ſon hameau. Il arrive dans la prairie, lorſque l'aurore commençoit à
peindre l'Orient de ſes premières
couleurs. Mirtil élève à ſa Bergère
un trône de gazon, il lui prépare
une couronne de fleurs, il veut la
placer ſur ce trône, il veut que les
Bergers viennent adorer ſes attraits.
Après avoir tout préparé, il retourne à ſon hameau, il court auprès de
ſon amante, il la voit plus belle que
jamais ; ſes yeux, à qui le ſommeil
avoit refuſé ſes pavots, brilloient
d'une langueur enchantereſſe ; on
l'auroit priſe ou pour Vénus, ou
pour Aglaé, ou pour la fille de
Tyndare. L'amoureux Berger lui
déclare ſon deſſein : Amarillis lui

sourit, elle l'aime trop pour lui rien refuser.

Déja les Bergers & les Bergères s'étoient rassemblés pour chanter les louanges de Vénus ; déja tout le village retentissoit de leurs chants d'allégresse. Mirtil y vole, & suspendant la cérémonie : O Bergers, dit-il, il y a dans la prairie une jeune Déesse, je l'ai vûe ; j'ai vû les Amours empressés, voltiger autour d'elle ; les Graces prennent plaisir à se mirer dans ses yeux. Venez, venez tous adorer ses divins appas ; apportez vos hautbois, & que tout retentisse de ses louanges : c'est sans doute Vé-

B iij

nus qui vient habiter parmi nous. Il dit, & auſſitôt il retourne auprès de ſa maîtreſſe, il la conduit dans la prairie, il la place ſur le trône qu'il a préparé, il la couronne de ſes mains. Vénus voyant les innocens tranſports de ſon fils, répand ſur la jeune Amarillis ſes plus riches tréſors ; elle la rend preſqu'auſſi belle qu'elle même.

Cependant les Bergers accourent en foule à la prairie, ils apperçoivent de loin le trône de la Divinité de Mirtil, ils ſe couronnent de myrte & de fleurs, & accordant leurs tendres hautbois à l'harmonie de leurs chants, ils font retentir les airs des accords les plus flatteurs. Ces fons, portés fur les aîles légères des vents, viennent frapper les oreilles de la jeune Amarillis : ô douce illufion ! elle-même trompée fe prend pour une immortelle. Les Bergers avancent, ils environnent le trône de l'amante de Mirtil, ils font éblouis de fes attraits ; (Vénus avoit voilé Amarillis pour ne leur montrer qu'une beauté étrangère.) Les Zéphirs abandonnent Flore, & viennent de leur fouffle amoureux careffer le fein de la jeune Bergère.

Le célèbre fleuve *AMYS* roule dans la prairie fes flots argentés ; fur fes

bords s'élève un petit bois de myr-
tes toujours fleuris, & au milieu du
bofquet eft une fontaine dont les
eaux tranfparentes ne furent jamais
troublées : c'eft-là où les Bergères
viennent corriger le défaut de leur
parure ; c'eft dans ces fidelles ondes
qu'elles apprennent à connoître les
charmes dont la nature les embellit.

La Déeffe des fleurs s'étoit arrê-
tée dans ces lieux charmans : cou-
ronnée de pavots, elle repofoit dans
les bras du fommeil ; auprès d'elle
étoit couché le Printems, qu'elle
avoit enchaîné avec une guirlande
de fleurs ; on auroit vû les Zéphirs,
s'ils ne l'avoient pas abandonnée,

folâtrer & fe jouer fur fa belle bouche. Une jeune Fauvette vole im-
prudemment fur le myrte qui cou-
vroit la Déeffe de fon ombre, &
commence fes tendres chanfons.
Flore s'éveille, ô furprife ! elle ne
voit pas les Zéphirs ; elle les appelle,
mais en vain, fa voix fe perd dans
les airs ; tranfportée de courroux,
elle fe lève, & parcourt le bois pour
les chercher ; ne les trouvant pas,
elle avance dans la prairie ; elle
y voit un trône, & apperçoit à
l'entour les Zéphirs inconftans qui
careffent les beautés d'une jeune
Bergère. La Déeffe, à cet afpect,
éprouve les mouvemens qu'infpire
la cruelle jaloufie ; auffitôt elle

attèle plufieurs Hirondelles à fon
char, & les rapides meffagères du
Printems fendent la voûte azurée.
Flore dirige leur vol vers le féjour
de la Vieilleffe, & va implorer le
fecours de cette Divinité redoutable.

Sur les bords toujours glacés
du fleuve Siphax, s'élève un bois de
chênes antiques ; le Temps, lorfque le monde fut tiré du cahos, le
planta de fes mains, & l'œil du
jour n'y pénètre jamais. Ce lieu
eft en proie aux fougueux Aquilons, qui en éloignent les tranquilles Zéphirs ; les humains effrayés
ne l'abordent qu'en tremblant, &

les timides Amours n'y voltigent
jamais. Au milieu de cette affreufe
forêt paroît le Temple de la Vieilleffe : on l'y voit fur un trône chan-
celant, elle tient d'une main tremblante un fceptre prêt à lui échapper, de l'autre elle éloigne les Plaifirs. A fes côtés font affis le cuifant
Repentir, l'Avarice au teint livide,
les funeftes Maladies & la trifte
Impuiffance. Flore s'ouvre un paf-
fage à travers ces fpectres hideux :
la Vieilleffe l'apperçoit, & détourne
la tête; fes foibles yeux font fatigués
d'un éclat importun ; mais Flore
répandant une odeur divine, la
contraint de l'entendre. La vieille
Déeffe, devenue plus facile, la fait

approcher; elle lui demande le ſujet de ſon voyage. Alors, dépoſant au pied de ſon trône une corbeille de fleurs, l'amante des Zéphirs lui adreſſe ces paroles !

Puiſſante Divinité, redoutée des mortels ! ô vous qui d'une main peſante accablez du poids des années leurs corps chancellans, daignez exaucer mes vœux.

Non loin du Temple d'Amathonte reſpire une jeune Beauté, dont les attraits excitent l'admiration des Dieux & des mortels. Les Zéphirs ont fecoué, pour elle, le joug de mon empire ; je les ai vu ſe jouer ſur le ſein de ma rivale,

ils la careffoient de leur fouffle
amoureux. Qui voudra déformais
facrifier à la Déeffe des fleurs? Mon
pouvoir, fans ces infidèles, ne peut
conferver leur éclat ; ce font eux,
ce font leurs douces haleines qui
les font épanouir. O Déeffe ! fi vous
êtes fenfible à l'outrage que l'on
fait à une Immortelle ; venez,
quittez pour un moment votre redoutable empire, venez, & d'une
main puiffante portez fur le front
orgueilleux de ma rivale les rides affreufes qui volent à votre fuite. Auffitôt, fecouant fes cheveux blancs,
la Vieilleffe s'appuie fur un bâton
de cyprès, & monte fur le char
de la jaloufe amante des Zéphirs.

Déja loin de son trône, abhorré des humains, elles découvrent le Temple superbe, que les habitans d'Amathuse ont consacré à leur Reine, & au malheureux fils de Cynire. Bientôt arrivées dans la prairie, elles apperçoivent Amarillis : de vieux Bergers, prosternés devant son trône, adorent ses appas ; ils semblent oublier leur âge ; leurs regards, fixés amoureusement sur la jeune Bergère, rappellent dans leurs cœurs le feu qui les embrasoit autrefois. A cet aspect, la Vieillesse même craint qu'Amarillis ne devienne fatale à son Empire ; elle approche, aussitôt les Bergers effrayés reculent avec horreur : la

Bergère tremblante tombe éva-
nouie fur fon trône, & bientôt
d'une main cruelle la Déeffe porte
les rides affreufes fur le front où
brilloient tant de charmes. Enfin,
montant fur les aîles tardives des
froides années, elle retourne dans
fon obfcure retraite. Flore qui voit
alors fa rivale couverte des traits
de la Vieilleffe, s'applaudit & lui
infulte : elle remonte fur fon char,
& fes rapides Hirondelles l'enlè-
vent dans les airs.

Cependant le Berger d'un pas timide s'approche d'Amarillis ; mais,
ô défefpoir ! il ne reconnoît plus fon
amante ; il ne voit plus les divins

attraits auxquels il éleva des autels :
il recule épouvanté, la Bergère
l'appelle tendrement, Mirtil cède
aux doux sons de sa voix ; mais la
trouvant encore plus affreuse, il
fuit, & va déplorer son sort dans
un bosquet voisin. Là, le souvenir
flatteur des plaisirs qu'il avoit goûtés avec Amarillis, rallume sa ten-
dresse : il soupire, & levant au Ciel
ses tremblantes mains, il adresse
cette prière à la Mère des Amours.

O Déesse ! venez venger une injure faite à votre Empire; venez voir
le plus beau de vos ouvrages en proie
aux fureurs de votre implacable en-
nemie ; venez voir les horribles traces

ces de la vieilleſſe imprimées ſur le
viſage où vous aviez répandu tant
de charmes. Venez, & de vos doigts
de lis & de roſes daignez ſeulement
toucher ſon front : auſſitôt, dociles
à votre voix, les attraits révoleront
ſur ſon viſage. O puiſſante Déeſſe,
rendez à mon amour, rendez à mon
cœur éperdu ma chère Amarillis :
tous les jours, couronné de fleurs
cueillies de ſa main, je brûlerai ſur
vos autels des branches de myrte &
d'oranger; je vous immolerai le plus
tendre agneau de ma bergerie.

Les vœux de Mirtil ſont à l'inſtant exaucés. Il voit deſcendre un
char brillant d'or & d'azur, que deux

C

cygnes traînent dans les airs. Vénus vient rendre la beauté à l'amante de son fils : le char vole, Cythérée approche, les rides disparoissent, Amarillis renaît ; & la Déesse, en jettant sur elle un souris charmant, remonte dans les Cieux. La Bergère court précipitamment sur le bord d'un ruisseau ; elle s'y voit plus belle que jamais, elle vole auprès de son amant, elle lui fait des reproches de ce qu'il l'a abandonnée. Mirtil l'embrasse amoureusement ; ses soupirs désarment sa Bergère, & la tendre Amarillis goûte de nouveau le plaisir d'être aimée. Le Berger raconte à son amante les vœux qu'il a faits pour elle ; ils se couronnent mutuel-

lement de fleurs. Mirtil allume le feu
facré, & plonge le coûteau dans les
entrailles palpitantes de la victime :
fçavant dans l'art des Arufpices, il
découvre la flamme éternelle dont
fon amante doit brûler, il la fait connoître à la Bergère ; mais elle n'y
voit pas la conftance de fon Berger,
& elle lui fait part de fes craintes.
Mirtil n'épargne ni les larmes, ni
les foupirs, pour lui perfuader qu'il
l'aimera éternellement, & la tendre
Amarillis le defire trop pour ne pas
le croire.

Le Soleil, prefque caché dans les
ondes, ne doroit plus que le fom-
met des montagnes ; fes chevaux

fatigués defcendoient dans l'empire de Neptune : nos deux amans retournent à leur hameau. En traverfant un petit bois de myrte, Amarillis apperçoit un Roffignol : il foulage par la douceur de fes chants l'ennui de fa chère compagne qui couve des petits à peine éclos. La Bergère approche, le Roffignol allarmé gémit ; fa tendre moitié n'ofe pas abandonner le fruit de leurs amours. Amarillis porte une main délicate fur la mère épouvantée ; déja elle eft captive, déja les petits, privés d'une chaleur utile, femblent, par leur agitation, redemander leur mère ; le Roffignol, s'abandonnant à toute fa

douleur, vole & revole fans cefle autour d'Amarillis, il fait répéter aux
échos les plus triftes accens ; la Bergère en eft touchée, elle baife l'oi-
feau chéri, & lui rend la liberté.
Alors vous eufliez vû l'époux em-
prefle battre les aîles, & contem-
pler fa compagne ; fes chants deviennent cent fois plus mélodieux.
Amarillis fait remarquer à fon
amant la tendrefle & la conftance
de ce petit animal ; rien, à fon gré,
n'eft plus flatteur pour une amante.
Le Berger lui jure encore de l'aimer
éternellement, & ils arrivent au hameau.

H. Gravelot inv.

Louis Legrand Sculp.

CHANT TROISIÉME.

L'Amoureux Mirtil goûtoit tous les jours de nouveaux plaiſirs auprès d'Amarillis ; tous les jours ils faiſoient paître enſemble leurs troupeaux. La Bergère voyoit d'un œil ſatisfait la conſtance de ſon Berger, & le Berger ſentoit la flamme dont il brûloit pour Amarillis s'accroître tous les jours davantage.

La belle Sylvanire, qui juſqu'alors avoit diſputé l'empire de la Beauté à la jeune Amarillis, tentoit en vain

de se soumettre le cœur de Mirtil ;
sa tête brilloit inutilement des fleurs
les plus belles, Mirtil en étoit peu
touché. Toujours fidèle, toujours
constant, il n'avoit des yeux que
pour Amarillis. De son côté, la
Bergère rejettoit les vœux de tous
les autres Bergers : en vain soupi-
roient-ils sur leurs tendres hautbois
les plus doux accens de l'amour ;
en vain lui offroient-ils mille pré-
sens champêtres, Amarillis ne res-
piroit que pour Mirtil. Mais l'A-
mour, qui ne se plaît que dans le
désordre & dans les allarmes, ne
put voir long-tems la félicité de ces
amans, sans en sentir une secrette
jalousie : il n'étoit plus en son pou-

voir d'éteindre les feux qu'il avoit
allumés lui-même ; Vénus proté-
geoit les plaifirs innocens de nos
Bergers. Reconnoiffant fon impuiffance, il vole auprès de fa Mère ;
elle le reçoit avec un fouris enchan-
teur ; il l'embraffe, & Vénus en
devient plus belle. » O Déeffe, lui
dit-il, » à quoi me fervent donc les
» aîles qui me furent données par
» le Deftin ? Je me vois arrêté par
» deux Bergers, la Conftance s'eft
» emparée de leurs cœurs, elle
» m'enchaîne à fa fuite ; permettez-
» moi de me fervir contr'elle des
» armes que vous m'avez données.
» Mirtil vous eft cher, il fera tou-
» jours heureux ; mais je veux qu'il

» vole de Bergère en Bergère. «
Vénus lui fourit de nouveau : » Al-
» lez, mon fils, dit-elle à l'Amour,
» livrez la guerre à la Conftance,
» vous la chafferez aifément de
» deffus la terre. «

Auffitôt ce Dieu quitte le Temple de fa Mère ; fes aîles rapides
le portent dans les lieux où nos
amans goûtent encore fes plus
douces faveurs ; il les voit, ils font
couchés fur l'herbe naiffante ; leurs
regards, fixés amoureufement fur
eux-mêmes, expriment les defirs
qui s'élèvent dans leurs ames ; ils
foupirent, mais un cruel preffentiment vient allarmer la Bergère ;

elle craint que fon amant ne fe
laffe de fes faveurs, elle lui fait
jurer de lui être fidèle ; le Berger
le lui promet de bonne foi ; il étoit
trop heureux de la poffѐder, & il
ne croyoit pas que jamais il pût
devenir inconftant.

L'Amour, qui s'étoit laiffé toucher par les careffes de ces amans,
entendant les nouveaux fermens
du Berger, fent redoubler fon
courroux. Il tire de fon carquois
une flèche ajuftée des mains de la
Légèreté même ; l'arc réfonne, le
trait vole, & vient frapper le cœur
du fils d'Adonis ; la Conftance eft
bleffée, elle fuit, elle emporte après

elle tous les feux de l'Amour, &
ne laiſſe dans le cœur de Mirtil
que l'indifférence & les dégoûts.

Le Berger interdit regarde ſon
amante, il ne lui trouve plus les
mêmes agrémens, ſa beauté s'éva-
nouit à ſes yeux. L'Amour lui inſ-
pire ſoudain un deſir de plaire à
Sylvanire, & cette nouvelle amante
s'empare de ſon cœur. Amarillis
s'apperçoit de ſon trouble, elle lui
en demande la cauſe : il eſt obligé,
pour la ſatisfaire, de recourir à la
feinte ; la Bergère ingénue le croit,
elle ignore encore ſon malheur.

Dans le même boſquet où Mirtil
aborda, pour la première fois, les

Bergers de son hameau, étoit un lieu solitaire, qui n'étoit fréquenté que des amans malheureux ; c'est dans ces lieux écartés qu'ils alloient se plaindre de la cruauté de leurs Bergères : mais comme Vénus fa-favorisoit leurs amours, on les y voyoit rarement. Le Soleil étoit au milieu de sa course, les Naïades étoient rentrées dans leurs grottes humides, les Faunes & les Sylvains s'étoient enfoncés dans le plus épais des forêts, lorsqu'Amarillis propo-sa à son amant d'aller dans le bos-quet retiré ; Mirtil ne peut le lui refuser, il affecte même un air em-pressé, & bientôt ils y arrivent.

Sylvanire étoit venue dans ces mêmes lieux déplorer son désespoir & sa honte. Le tendre Mopsus la cherche inutilement dans la prairie : Sylvanire se plaint aux Dieux de l'insensibilité de Mirtil ; elle n'aime pas moins le jeune Berger que la tendre Amarillis. L'Amour qui suivoit nos amans, fait pénétrer jusques dans le cœur de son frère la voix de la triste Sylvanire. Le Berger ne peut y résister ; il quitte la fidelle Amarillis, & bientôt il vole aux pieds de sa nouvelle amante. Elle est assise au bord d'un antre obscur, ses beaux yeux sont mouillés de pleurs, elle murmure tendrement le nom de son Berger.

Mirtil tranſporté ſe jette à ſes genoux, il baiſe ſa belle main qu'il
mouille de ſes larmes, il dit à la
Bergère qu'il l'adore. Sylvanire le
regarde avec ſurpriſe, elle craint
que cet empreſſement ne ſoit un
ſtratagême de ſa rivale ; mais l'a-
moureux Mirtil la détrompe bientôt. » Ce ſont vos appas, dit-il,
» ce ſont vos puiſſans appas, qui
» m'ont dégagé de ſes fers ; un
» foible reſte d'amour combattoit
» en vain pour elle au fond de mon
» cœur, il a cédé aux doux ſons de
» votre voix. J'ai laiſſé Amarillis
» éperdue à l'entrée de ce boſquet.«
Sylvanire bénit les Dieux qui ſe
ſont enfin laiſſé toucher par ſes

larmes : fière de la victoire qu'elle vient de remporter fur fa rivale, & trop heureufe d'être aimée du Berger qu'elle adore, elle ne lui refufe rien ; l'inconftant Mirtil lui prodigue des careffes qui n'étoient dues qu'à la fidelle Amarillis.

Ariane délaiffée dans l'Ifle de Naxos par le volage Théfée, ne reffentit pas une auffi profonde douleur qu'Amarillis abandonnée de fon amant. N'ofant pas douter de fon malheur, elle approche en tremblant des lieux où elle entend fa rivale. Mirtil eft affis à côté d'elle, & la facile Sylvanire fourit agréablement. Quelle vue pour la
plus

plus tendre des amantes! Son efprit flotte entre le défefpoir & la haine. Bientôt ne pouvant réfifter à tant d'agitations, fon fang glacé s'arrête fur fon cœur; elle tombe, fes beaux yeux font couverts d'un voile épais : mais Vénus, à qui elle eft toujours chère, détache de fa fuite la plus jeune des Graces, qui vient répandre fur le vifage de la Bergère une eau divine. Auffitôt on voit fuir les pâles couleurs de la mort; fon teint fe ranime, fes yeux fe r'ouvrent, & elle revoit le jour qu'elle détefte.

Alors elle a recours aux larmes & aux reproches, armes inutiles des amans abandonnés. » Ingrat!

D

s'écrie-t-elle, ” comment peux-tu
” délaiffer une amante qui t'adore ?
” Comment peux-tu me laiffer en
” proie au défefpoir qui m'agite ?
” Tu ne m'aimas donc jamais,
” traître ? Tu m'as donc toujours
” trompée ? Les larmes que j'ai vû
” couler de tes yeux, les foupirs
” que j'ai reçus dans mon fein, tes
” fermens tant de fois réitérés, tes
” tranfports, ce feu qui brilloit
” dans tes yeux, tout n'étoit donc
” que trahifon, perfidie ! Tu as
” donc abufé de la facilité d'une
” innocente Bergère. Vénus, &
” c'eft ton fils ? Non, tu es trop
” tendre pour avoir donné le jour
” au plus cruel des humains. Mal-

» heureuse ! où m'emporte un aveu-
» gle défespoir ? Non, non, mon
» Berger m'aime encore. Viens,
» cher amant, viens essuyer mes
» larmes, fais cesser mes craintes :
» Amarillis te tend les bras ; ne
» méprise pas un cœur qui ne res-
» pire que pour toi. « A des discours si touchans, Mirtil ne répon-
dit rien : il étoit infidèle.

Amarillis retourne à son hameau,
& se condamne à des larmes éter-
nelles.

L'inconstant Mirtil & l'heureuse
Sylvanire goûtoient toutes les délices de l'amour. Ce Dieu, content
de sa victoire, leur prodiguoit ses

plus douces faveurs : il fembloit au Berger qu'il n'avoit pas été heureux avec fa première amante ; fon cœur volage favouroit à longs traits les douceurs du changement.

Amour, quitte pour un moment ces Amans fortunés ; laiffe-les dans les bras du délire. Viens me crayonner les plaifirs divins qu'ils goûtent fous tes loix : dépeins-moi l'amoureux défordre de Sylvanire. Ah ! je la vois, éperdue, agitée : la langueur & le feu dans les yeux, elle pouffe un profond foupir ; fon amant. . . . . déja. . . . . ô Pudeur, retiens ma plume ! . . . . déja fon amant étoit heureux.

Dieu des cœurs, que tes faveurs font douces, mais qu'elles font peu durables ! Nos amans, n'étant plus remplis de ta Divinité, font interdits & confus : à peine articulent-ils quelques mots ; leurs regards timides n'ofent plus fe confondre enfemble. Mais bientôt tu rallumes dans leur fein tes divines flammes ; leurs yeux brillent d'un nouvel éclat ; le Berger affis aux pieds de fon amante, recommence de tendres propos. Sylvanire lui prodigue de légères faveurs : l'impatient Mirtil, déja vivement renflammé, voudroit fur le champ facrifier au Plaifir ; Sylvanire s'y oppofe ; fes refus irritent encore l'ar-

D iij

deur de Mirtil. Sylvanire, ah ! c'est
vainement que tu crois, par ces
feints refus, refferrer les liens qui
l'attachent à toi !

Ces amans étoient encore dans
ces débats amoureux, lorfqu'ils en-
tendirent un bruit confus à l'entrée
du bois. Les Bergers affemblés
pourfuivoient un animal féroce, la
terreur de leurs chères brebis : il
fuit précipitamment devant eux,
il cherche dans le bois un afyle. Le
fils d'Adonis apperçoit de loin fes
yeux enflammés ; auffitôt il faifit
l'arc redoutable dont il hérita de fon
père ; il choifit la plus forte flèche
de fon carquois. La Bergère éper-

due fait un vain effort pour le retenir : il court, l'arc part, le trait vole,
l'animal eſt bleſſé, il fuit, & laiſſe
après lui des traces de ſang. Mirtil
le pourſuit ſans relâche ; il décoche
une autre flèche, mais inutilement ;
le monſtre ſe jette dans une caverne
obſcure. Alors le Berger, armé d'un
pieu, veut pénétrer dans le dan-
gereux aſyle ; mais la trop tendre
Sylvanire s'oppoſe à ſa témérité.
" O mon cher amant, s'écrie-t-elle,
" je t'en conjure par l'amour que
" j'ai pour toi, je t'en conjure par
" les careſſes que je viens de te
" prodiguer, n'expoſe pas des jours
" ſi précieux, cruel ! ou ſi tu veux
" périr, perces donc auparavant

D iv

» ce cœur qui ne sçauroit vivre » sans toi. « Son discours est suivi d'un torrent de larmes ; mais l'amour de la gloire s'étoit emparé du fils d'Adonis. Il alloit forcer la retraite du monstre, lorsque son amante se jette à ses genoux. » Bar-» bare, lui dit-elle avec transport, » puisque mes larmes ne peuvent » arrêter ton aveugle valeur, attens » au moins que les Bergers soient » arrivés dans ces lieux, où ma » mort va précéder la tienne. « Son amant ne peut lui refuser cette grace, il se tient à l'entrée de la caverne, résolu de combattre le monstre, s'il ose sortir. Cependant les Bergers entrent dans le bois ; ils

voyent avec étonnement des vesti-
ges enfanglantés, ils les fuivent ;
mais leur furprife eft bien plus
grande encore de voir Mirtil armé
à l'entrée d'une caverne. Chacun
en reffent d'abord une fecrette jaloufie, mais tous enfemble louent
fon courage. ›› Si je n'ai pas encore
›› arraché la vie à l'animal que vous
›› pourfuivez, (leur dit le fils d'A-
donis) ›› ne croyez pas que ce foit
›› un effet de la crainte, j'en jure
›› par le Dieu des combats ; fon
›› afpect, quelque terrible qu'il foit,
›› loin de ralentir mon audace, n'a
›› fait qu'irriter mon courage. Souf-
›› frez, Bergers, que j'entre dans la
›› caverne, & vous verrez fi j'ai dé-

" généré des vertus de mon père. «
Ce difcours, loin de perfuader les
Bergers, rallume encore plus leur
jaloufie ; ils ne veulent pas céder
en courage à un autre Berger,
il faut que le fort en décide. On
bande les yeux de la Bergère, on
fait autour d'elle un grand cercle :
celui fur qui elle portera fes mains
incertaines ira combattre le monftre. Sylvanire tremblante avance,
& le cruel hazard conduit fes mains
fur fon cher Mirtil : auffitôt on lui
ôte le fatal bandeau. Quel fut fon
défefpoir, lorfqu'elle vit le danger
où elle expofoit fon amant ! Son
cœur palpite de crainte. Mais l'in-
trépide Berger entre dans la grotte :

il voit à la faveur de la lumière que répandent les yeux de fon terrible ennemi, il voit fa gueule béante : elle eft armée d'un triple rang de dents, une écume teinte de fang en découle. Tout autre qu'un Héros auroit tremblé. Mirtil avance : le monftre, qui ne voit point d'iffue, pouffe des hurlemens affreux, & s'élance impétueufement fur le Berger qui peut à peine foutenir la violence du choc. Mais Vénus, attentive au danger de fon fils, lui prête de nouvelles forces ; il abat fon ennemi d'un coup de maffue ; il redouble encore fes coups, & fort victorieux de la caverne. Les Bergers pouffent mille cris de joie, &

célèbrent par leurs chants sa victoire. La curiosité les conduit dans
la grotte : les uns admirent les dents
du monstre, les autres regardent
ses blessures ; tous sont effrayés de
sa grandeur & de sa difformité ;
jamais l'Isle de Chypre n'en avoit
nourri de semblable. Et toi, fortu-
née Sylvanire ! la joie répandue
dans les yeux, tu embrasses tendrement ton Berger ; charmée de
sa valeur, tu t'applaudis d'en avoir
fait la conquête. Les Bergers, après
avoir couronné de fleurs le valeu-
reux Mirtil, le portent en triomphe au hameau ; la Bergère les suit
de loin ; ses yeux sont continuellement attachés sur le digne objet de

fes amours. Ils arrivent : les vieil-
lards viennent féliciter le vainqueur, & Mirtil uniffant fa voix à
leurs chants, ils rendent graces à
Vénus, protectrice de leur hameau.

Notre Berger aima plus long-
tems l'adroite Sylvanire que la fimple Amarillis; mais enfin, dégoûté
de fes faveurs, il fonge à former
d'autres nœuds. Après avoir aimé
Amarillis & Sylvanire, les feuls
ornemens du pays, il rougiroit
d'y porter d'autres fers ; il croit
qu'il eft dans des climats étrangers
des Bergères encore plus aimables:
fon cœur volage brûle d'abandonner fa patrie. Non content de dé-

laiffer deux Bergères amantes, il
veut encore aller porter la crainte
& la jaloufie dans le cœur des
amoureux Bergers.

Avant de quitter fon hameau,
Mirtil va confulter fa Mère. Il
mène avec lui le refpectable Vieillard qui eut foin de fes premières
années. Le fanctuaire du Temple
leur eft ouvert, & ces deux mortels
favorifés abordent la Déeffe. Dé-
pouillée de fon éclat, Vénus les
reçoit avec bonté : fon fils lui apprend le fujet de fon voyage. Vénus
tremble pour fes jours ; elle fçait
que l'implacable Deftin le condamne à périr dans fes courfes ; elle

employe en vain, pour le retenir, les prières & les larmes. Son fils infenfible la preffe de confentir à fon départ. La Déeffe, forcée par le Deftin, cède enfin à fes vœux. ʺ Allez, mon fils, lui dit-elle, allez, ʺ puifque c'eft la volonté des Dieux: ʺ foyez heureux dans vos amours; ʺ vous éprouverez cependant les ʺ rigueurs d'une Bergère. Il eft bon ʺ d'effuyer quelques revers dans la ʺ vie : un bonheur trop conftant ʺ ennuie les humains ; au refte, je ʺ préviendrai toujours vos defirs. ʺ Et vous, ô digne Vieillard ! pour ʺ récompenfer votre zèle, vivez ʺ encore de longues années, & ʺ que les triftes maladies ne vous

» atteignent point dans le cours
» de votre carrière. « Vénus dit, &
un nuage épais la dérobe fur le
champ à leurs yeux.

Les Bergers prosternés adorent fa
puissance ; les Prêtres les viennent
chercher dans le sanctuaire. Palémon avoit amené une génisse blanche ; on allume le feu sacré fur l'au-
tel, & le Prêtre plonge le couteau
dans le sein de la victime. Après le
sacrifice, les Bergers retournent à
leur hameau. Le petit-fils de Myr-
rha dispose tout pour son voyage,
& après avoir embrassé tendrement
le Vieillard, il prend le chemin de
l'Arcadie. Palémon, les yeux mouillés

lés de pleurs, conduit en foupirant
fon Élève ; ils s'embraffent encore,
& fe féparent pour toujours. La
nouvelle de ce départ imprévu fe
répand bientôt dans le hameau.
Sylvanire au défefpoir, unit fes
plaintes à celles d'Amarillis.

Ces rivales, également délaiffées,
font réconciliées à l'inftant par le
fentiment de leur perte commune.
Elles aiment à fe confier leurs regrets, à les verfer réciproquement
dans un cœur éprouvé par les mêmes coups dont chacune reffent
l'atteinte ; leur douleur, ainfi par-
tagée, n'en eft que plus vive ; elle
prend chaque jour, en s'épanchant,

E

de nouvelles forces. L'image du fils d'Adonis, retracée fans ceffe à leur fouvenir, emprunte encore de nouveaux charmes d'un amour malheureux qui, fans s'affoiblir, ne vit plus que de fa propre fubftance. Vénus prend enfin pitié de leurs peines, & leur rend leur première tranquillité. Les Bergères, en foupirant, jurent de n'être jamais fenfibles, & l'Amour grave leur ferment fur une feuille de rofe qu'il donne en garde aux Zéphirs.

CHANT QUATRIÈME.

Sous l'heureux climat que le Dieu des forêts habite, le célèbre fleuve *LADON* roule ses flots tumultueux : dans sa course rapide il arrose des Villes superbes, mais bientôt négligeant les Cités, ce fleuve, amant de la Nature, ne se plaît que dans les prairies. Là, son onde pure & tranquille est environnée de fleurs toujours fraîches, & souvent elle est consultée par les jeunes Bergères. Quelquefois même, lorsque l'ardente Canicule fait sécher les

E ij

fleurs, elles vont fe rafraîchir dans fon fein : alors le fleuve amou-reux tournant autour d'elles, fem-ble, par de légères vagues, careffer la blancheur de leur corps ; fes flots enchantés fufpendent leur cours pour admirer leurs divers attraits, & lorfqu'obligés de céder aux flots qui les pouffent, ils cèdent la place, un long murmure annon-ce le déplaifir qu'ils ont de s'éloi-gner de tant de charmes.

C'eft fur les bords de ce fleuve que le Dieu des forêts cueillit le léger rofeau fur lequel il foupira le premier, fes triftes amours ; fou-vent encore ce même rofeau dé-

plore la métamorphofe de fon
amante ; les Bergers, attirés par fes
airs, courent l'écouter, & Pan fe
plaît avec eux : il ne craint pas de
mêler fa voix divine à la foibleffe
de leurs chants ; il leur apprend
l'art de plaire aux jeunes Bergères,
& de s'en faire aimer.

Entre tous les Bergers que Pan
prenoit foin de former, le jeune
Amintas avoit toute fa tendreffe.
Il étoit beau, jeune, adroit : le Dieu
des bois fe plaifoit à voir fes doigts
agiles voltiger fur fon hautbois, &
fa réputation étoit répandue dans
prefque tous les hameaux de l'Arcadie. Depuis deux ans il aimoit

tendrement la jeune Florife, & il en étoit tendrement aimé.

Après avoir heureufement tra-verfé les mers, Mirtil aborde dans ces lieux charmans. Il entend bien-tôt parler du jeune Amintas ; il apprend que, favori du Dieu des forêts, ce Berger eft le plus habile de tous ceux de l'Arcadie à tirer des fons touchans de fon hautbois. Le fils de Vénus eft charmé de trou-ver un rival digne de lui ; il repaffe les leçons que lui donna Palémon, & déja fur fa flûte harmonieufe, qui eft un préfent de l'Amour, il effaye des airs champêtres ; les oifeaux, attirés par la douceur de fes airs,

voltigent autour de lui : alors,
plein de confiance, il ne doute plus
qu'aux jeux de Pan, il ne foit bientôt vainqueur du Berger d'Arcadie.

On le conduit à la prairie où
Amintas faifoit paître ordinaire-
ment fes troupeaux. Il voit de loin
une troupe de Bergers qui entou-
roient deux jeunes amans. Amintas couché mollement aux pieds de
fa maîtreffe, lui chantoit le pouvoir
de fes charmes, & tous prêtoient une
oreille attentive. Mirtil ne douta
plus que ce ne fût là le Berger fi
vanté. Il approche, les Arcadiens
admirent fa bonne mine, & les Bergères, en l'examinant, éprouvent

E iv

la plus tendre émotion. Amintas,
fier de ſes talens, provoque le premier Mirtil au jeu de la flûte ; le
fils de Vénus feint d'abord de n'oſer
entrer en lice avec un ſi redoutable
rival : le Berger d'Arcadie ſourit,
& prenant ſa flûte des mains de ſon
amante, il en tire les ſons les plus
doux. Enſuite, défiant de nouveau
Mirtil, il lui adreſſe ces paroles
pleines de confiance. ›› O vous,
›› Paſteur étranger ! quel que ſoit
›› votre hameau, ſi vous connoiſſez
›› un Berger plus habile que moi à
›› tirer des ſons de cet inſtrument,
›› qu'il vienne, je lui céderai le
›› cœur de la belle Floriſe. ‹‹ Le fils
d'Adonis, ſans lui répondre, fait

briller à ſes yeux le magnifique hautbois qu'il reçut des mains de l'Amour ; il porte ſes lèvres ver-meilles à l'embouchure du divin inſtrument, & d'un ſouffle, ménagé avec art, il en fait réſonner l'ame harmonieuſe. A l'inſtant le hautbois, ſous ſes doigts mobiles, fait entendre des accords enchanteurs ; tous les yeux ſont fixés ſur Mirtil ; l'harmonie de ſes ſons permet à peine de reſpirer, & plonge les cœurs dans une douce extaſe. Floriſe ne ſeroit point fâchée d'être le prix de la victoire ; Vénus a déja fait gliſſer dans ſon ſein un ſecret deſir de plaire à ſon fils.

Amintas se sentant vaincu, a recours à ce foible stratagême. Sans
donner aux Bergers le tems de
prononcer en faveur de son rival,
il lui adresse ces paroles : » Sans
» doute que favorisé comme moi
» du Dieu de ces contrées, vous
» en avez reçu les mêmes leçons ;
» j'avoue que vos airs ne sont pas
» moins flatteurs que les miens, &
» je crois qu'il n'est pas de mortels
» capables de décider entre nous.
» Mais voyons si vos chants égalent
» la douceur de vos sons : si vous
» êtes assez heureux pour l'emporter
» sur moi, je le répète, je vous cède
» le cœur de Florise, & j'irai cacher
» ma honte dans le fond des forêts.

Aglante, la plus illuſtre de nos Bergères, avoit quitté ſon hameau pour aller à la Cour ; après deux ans de ſéjour, elle revint dans nos prairies. J'étois allé avec Mélibée, écouter les leçons du Dieu Pan ; il nous fit chanter cet heureux retour, & accordant ſa voix à la nôtre, nous formâmes enſemble le Concert que je vais vous répéter : prêtez-moi une oreille attentive.

LE RETOUR D'AGLANTE.

PASTORALE.

PAN, Dieu des Bergers.

AMINTAS,
MÉLIBÉE, } Bergers.

La Scène est sur les bords d'un ruisseau qui coule dans un bois planté de hêtres.

PAN.

VOUS, à qui sur ces bords j'ai pris le soin d'apprendre
A chanter les Amours sur le ton le plus tendre,
Chantez, jeunes Bergers, accordez vos hautbois
Aux sons harmonieux de vos touchantes voix.

AMINTAS.

Eh ! quel sujet chanter ? est-ce Zéphire & Flore,
Ou les pleurs que répand la trop sensible Aurore ?

MÉLIBÉE.

Chantons plutôt, Berger, les amours d'Adonis,
Tu fçais qu'il fut aimé de la belle Cypris.

PAN.

Vous pourrez à loifir, affemblés fous ces hêtres,
Chanter l'amour des Dieux dans vos concerts
　　champêtres ;
Mais un fujet plus cher s'offre à vous en ce jour,
Ignorez-vous, Bergers, qu'Aglante eft de retour?

AMINTAS.

Aglante eft de retour? ô jour rempli de charmes!
De nos cœurs à jamais tu bannis les allarmes,
Hélas ! depuis deux ans dans le fein des gran-
　　deurs,
On croyoit qu'elle avoit oublié nos Pafteurs.

PAN.

Non, non, Bergers, non, non, cette aimable
　　Bergère,
Quoiqu'au-deffus de vous, cherche encore à
　　vous plaire ;

Elle aime fa patrie, elle aime fon hameau ;
Je la vois, elle vient en fuivant ce ruiffeau.

AMINTAS.

Quoi, c'eft Aglante, ô Dieux! quel air, quelle
   nobleffe !
O Pan ! vous nous trompez : non, c'eft une
   Déeffe.

     C'eft la belle Aurore,
     Ou la jeune Flore :
     Les fleurs fous fes pas
     S'empreffent d'éclore.
     Dieux, qu'elle a d'appas ?
     C'eft la belle Aurore,
     Ou la jeune Flore.

MÉLIBÉE.

Oifeaux, redoublez vos concerts ;
Doux Zéphirs, careffez les airs,
Et murmurez dans les feuillages.
Aglante vient fous ces ombrages :
Oifeaux, redoublez vos concerts,
Doux Zéphirs, careffez les airs.

PAN, AMINTAS, MÉLIBÉE.

C'eſt la belle Aurore,
Ou la jeune Flore :
Oiſeaux, redoublez vos concerts,
Doux Zéphirs, careſſez les airs.

Amintas finit, & tous lui applau-
dirent ; il ſe flattoit déja de triompher de ſon rival, mais le modeſte
Mirtil, élevant doucement la voix,
parle ainſi à l'Aſſemblée :

» Écoutez, Bergers, je vais célé-
» brer la métamorphoſe de Syrinx ;
» ce ſujet vous eſt ſans doute con-
» nu : le Dieu de vos contrées a
» ſouvent fait retentir les forêts du
» nom de cette Naïade. O Pan !

» inspire-moi les accords les plus
» doux. «

S u r les bords fortunés du Ladon tortueux,
Est un bois consacré par les amours des Dieux :
C'est-là que de Vulcain la compagne infidelle,
Couronna les amans qui soupiroient pour elle ;
Et c'est-là que l'Amour, conduit par les desirs,
Dans les bras de Psyché vint goûter les plaisirs.

Les oiseaux amoureux, sous ces épais feuillages,
Chantoient la fin du jour ;
Ils sembloient appeller, par leurs tendres rama-
ges,
Le Repos & l'Amour.
Quand le Dieu des Bergers, qu'un doux espoir
attire,
Entra dans ces beaux lieux ;
Pan aussitôt cherche des yeux
Le jeune & bel objet pour lequel il soupire.

Syrinx.

Syrinx fommeille fur des fleurs ;
L'Amour, d'une main bienfaifante,
Se plut à l'embellir de ces attraits flatteurs
   Qui rendent la beauté touchante ;
Lui-même de fon teint il broya la couleur ;
   Rien ne furpaffe la blancheur
   De fa gorge encore naiffante.

Pan la voit, & foudain épris de tant d'appas,
Il dévore des yeux la beauté qu'il adore ;
Puis d'inftant en inftant, fon feu croiffant en-
    core,
   Il veut la prendre entre fes bras :
Mais Syrinx s'éveillant, fuit avec tous fes char-
   mes.
   Le Dieu vole en vain fur fes pas,
   La jeune Nymphe toute en larmes,
A fa preffante ardeur préférant le trépas,
Implore de fes fœurs la puiffance invifible
   Contre un amant audacieux.
   Déja, difparue à fes yeux,
Pan furpris ne voit plus qu'une plante infenfible.

      F

Alors, s'abandonnant aux plus vives douleurs,
Le dépit & l'amour firent couler ses pleurs.
Il cueille le roseau qui cache son amante,
Il le baise, il soupire : ô merveille étonnante !
Les soupirs de ce Dieu, rendus harmonieux,
En sortant du roseau font des airs gracieux.

Les Bergers suspendus, n'osoient pas décider entre ces deux illustres rivaux ; ils étoient également charmés de l'harmonie de leurs chants : les Bergères même qui se connoissent si bien en vers tendres, balançoient entre l'un & l'autre, lorsqu'un respectable vieillard se lève, & parle ainsi à l'assemblée : ” Si ” l'âge & l'expérience m'autorisent ” à dire mon avis, j'ose avancer ” que je préfère les vers du Pasteur ” étranger. Ceux d'Amintas, à la

» vérité, font très-beaux ; mais on
» y voit briller trop d'art. Il faut
» que le chant des Bergers soit sim-
» ple : c'est cette aimable simplicité
» qui m'enchante dans les vers de
» l'illustre inconnu ; ses descrip-
» tions font courtes, fa diction
» tendre & naïve ; en un mot,
» tout me plaît dans ses vers, & je
» lui donne mon suffrage. « Les
partifans d'Amintas veulent en
vain contrebalancer son avis : fem-
blables à de foibles digues qui s'op-
pofent au cours impétueux d'un
torrent, ils font obligés de céder.
Le Berger d'Arcadie vaincu, fuit
& s'enfonce dans les bois, où il déplore fa honte. Pan est venu fou-

vent le trouver pour tâcher de le rendre à son hameau ; l'obstiné Amintas attend la mort dans ces lieux solitaires.

Semblable à un athlète qui sort vainqueur de la carrière, ou plutôt au Dieu du Pinde lui-même, lorsqu'il eut vaincu l'imprudent Marsias, le fils d'Adonis est couvert d'une gloire immortelle : les Bergers le prennent pour un Dieu, ils croyent que c'est Apollon lui-même qui est venu punir l'orgueil du présomptueux Amintas. Florise le regarde avec attention, elle croit voir en lui quelque chose de divin, elle rougit ; l'amour & le désordre se

peignent dans ſes yeux. Notre Héros, ſçavant dans l'art d'aimer, con-
noît bientôt le progrès qu'il a fait
ſur ſon cœur ; il n'héſite point à ſe
flatter d'une ſeconde victoire, moins
éclatante, mais plus touchante que
la première.

Les Bergers & les Bergères ſe
diſperſent à leur gré dans la prairie. L'Amour conduit Mirtil &
ſon amante ſur les bords d'une
onde pure. Floriſe ne peut réſiſter
aux tranſports de ſon Berger ; ſes
charmes les plus touchans lui ſont
prodigués : tel autrefois le mont
Ida vit la Nymphe Œnone cou-
ronner les feux du volage Berger

F iij

de Phrygie. Heureux amans, que
de plaifirs vous goûtez ! A votre
imitation, la tendre tourterelle prodigue fes baifers à fon époux ; le
Roffignol tâche, par la douceur de
fes chants, d'enflammer le cœur
de fa compagne ; les foupirs des
Naïades fe mêlent au murmure
de l'onde ; le chant des oifeaux eft
plus harmonieux, & l'air eft plus
pur ; le jeune Sylvain foupire ; votre
exemple allume dans fon cœur un
feu qu'il brûle d'éteindre ; toute la
Nature femble fourire à votre
amour.

Amintas eft bientôt oublié.
Comment une Bergère auroit-elle

réfifté aux charmes de notre Héros ! il joint à l'heureux don de plaire l'art féducteur du difcours. Faut-il faire oublier un amant ? fa mémoire lui fournit mille exemples des caprices de l'Amour. Ariane, dans les bras de Bacchus, oublia le volage Théfée ; Céphale fe confole avec l'Aurore de la perte de fa chère Procris ; Vénus quitta Mars pour Adonis; Jafon, Médée pour Creufe. Il joint les foupirs aux paroles ; il exagère la violence de fes feux ; en un mot, il n'oublie rien pour détruire un foible fouvenir, qui n'attend qu'à être effacé par la préfence d'un objet plus aimable. Voilà les talens des favoris de Vénus ; c'eft

F iv

avec de telles armes qu'il faut atta-
quer le cœur des Bergères. Bergers,
imitez Mirtil, & vous ferez toujours
heureux ; mais n'imitez pas fon in-
conftance, vous avez vû quels en
ont été les triftes effets. Combien de
beautés portent jufqu'au tombeau
le premier trait qui les a bleffées !
Combien peu de Bergers leur ref-
femblent !

H. Gravelot, inv.

Louis Legrand, Sculp.

CHANT CINQUIÈME.

LES humains fatigués des travaux du jour, goûtoient les douceurs du fommeil ; ce Dieu bienfaifant répandoit fes pavots fur leurs yeux accablés. Les fonges légers voltigeoient fur la terre : tantôt terribles, ils agitoient cruellement les hommes trompés, & plus fouvent encore agréables, ils les flattoient des plus douces illufions.

Florife, fans ceffe occupée de fon amour, oppofe le fouvenir des délices qu'elle a goûtées aux douces attaques du fommeil ; mais bientôt l'efpoir d'un fonge flatteur l'entraîne. Elle fe perfuade que fon imagination renouvellera fes plaifirs ; vaine efpérance ! A peine fes yeux ont-ils cédé au poids des pavots affoupiffans, qu'une cruelle image l'agite des plus violens tranfports. Elle voit Mirtil entre les bras d'une Bergère inconnue : le perfide brûle d'une flamme criminelle, il femble oublier que Florife lui fut chère ; elle l'appelle inutilement ; le volage, fourd à fa voix, continue fes foins auprès de fa nouvelle amante. Florife irritée court pour s'oppofer à leurs plaifirs : le Berger rit de fa

fureur. Florife défarmée a recours
aux larmes ; fon amant infenfible
n'en eft pas touché. Alors la Bergère abandonnée, fuivant les aveu-
gles mouvemens que lui infpire fa
jaloufie, fe jette fur fa rivale ; elle
voudroit.... mais libre des chaînes
du fommeil, elle reconnoît fon
erreur, elle fe reproche l'injure
qu'elle faifoit à fon amant, & fes
feux s'irritant davantage, Florife
impatiente voudroit précipiter le
cours de la nuit. » Aurore, s'écrie-
t-elle, » pareffeufe Aurore ! fi ja-
» mais tu fentis les impatiences
» caufées par l'amour, fois fenfible
» à mes tourmens, parois fur ton
» char de rofes, diffipe les longues

» ténèbres de la nuit, ton retour
» me ramenera mon amant. Mais
» je t'appelle en vain : dans les bras
» de l'amoureux Titon, tu n'en-
» tends pas ma voix, tu ne veux
» pas facrifier tes plaifirs à ceux
» d'une fimple Bergère. Amour,
» pour l'en punir, agite-la des mê-
» mes tranfports que j'éprouve ! «

Tel qu'un tendre agneau, ren-
fermé dans la bergerie, attend avec
impatience l'heure qui doit lui ra-
mener fa mère, telle & plus pétu-
lante encore Florife attend l'arrivée du jour ; elle s'agite, elle fe
tourne, elle s'impatiente. Tout-à-
coup elle fe lève ; mais ne voyant

paroître ni les couleurs brillantes de l'Aurore, ni même cette foible clarté qui la précède, elle recommence ſes plaintes & ſes murmures.

Cependant la fille du Soleil ouvre avec ſes doigts de roſe les portes de l'Orient aux chevaux de ſon père. Déja Éthon & Pirois, ſortis du ſein des ondes, annoncent à l'Univers le père du jour. L'Aurore fuit devant eux, comme le daim timide fuit devant les traits de Diane.

La Bergère auſſitôt prend ſes plus beaux atours : elle court dérober des fleurs aux prés naiſſans, elle en pare ſon ſein, elle en mêle dans fes cheveux ; elle employe, pour s'embellir, tous les fecours d'un art prefqu'auffi fimple que la Nature même ; elle regarde au loin fi elle ne verra pas venir fon Berger. » Quel foin plus preffant, dit-elle, » que celui de fe rendre auprès de » fon amante, peut le retenir fi » long-tems ? L'inconftant m'auroit-il déja quittée pour une autre » Bergère ? auroit-il oublié... j'en » frémis. Mais quel trouble fecret » m'agite ? En vain je me flatte du » doux efpoir de le revoir, il ne » vient point ! .... Qui le retient » loin de moi ? O Dieux ! chaque » inftant accroît mon trouble ; » toute la Nature change de face à

» ma vue : mes yeux ne fuivent
» plus avec plaifir cette onde fugi-
» tive dans fes longues erreurs ; le
» chant des oifeaux n'a plus rien
» d'agréable pour moi ; Zéphir ne
» me careffe plus de fon haleine.
» Ah ! c'eft fans doute l'effet de la
» crainte ; c'eft peut-être même
» l'effet de la jaloufie. Cruelles
» paffions ! fuyez loin de moi,
» rendez-moi le calme doux &
» paifible que vous m'avez enlevé,
» comme les rayons du Soleil en-
» lèvent les foibles vapeurs que la
» nuit dépofe fur les feuillages.
» Mais quelle tranquillité foudai-
» ne ! Je fens mon ame fe calmer,
» mon amant va fans doute fe ren-

» dre en ces lieux : il ne m'a point
» abandonnée. La simplicité de
» mon cœur le touche autant que
» mes attraits ; il va paroître, j'en
» dois croire les pressentimens de
» ce même cœur. « En effet, elle
apperçoit Mirtil qui, ne s'attendant
point à trouver sa Bergère si matin
dans la prairie, venoit cueillir des
fleurs pour les lui offrir.

Une onde claire & pure coule
dans un bosquet qu'elle arrose.
Florise qui n'avoit pas été apperçue
de son amant, y court, & se cache
derrière un oranger. Le Berger
vient, il s'asseoit sur les bords du
ruisseau ; sa main, conduite par le
Goût,

Goût, affemble mille fleurs ; enfuite, tournant les yeux du côté
d'Amathonte, il adreffe cette prière
à Vénus : » O Vénus, ô ma Mère !
» foyez-moi toujours favorable.
» C'eft vous qui m'avez fait vaincre
» le préfomptueux Amintas , je
» vous dois le cœur de la belle
» Florife ; ma vie n'eft qu'un en-
» chaînement de vos bienfaits. O
» puiffante Déeffe ! ne vous laffez
» pas du bonheur de votre fils. «
Mirtil foupire, & continue de s'en-
tretenir ainfi : » Florife ne paroît
» pas encore ! Son cœur ne brûle
» donc pas d'une flamme auffi vive
» que la mienne ? La perfide feroit-
» elle retournée chercher Amintas?

G

» Non, non, je lui fais injure : elle
» me donna hier les preuves du plus
» tendre amour ; peut-être qu'à
» préfent mon abfence l'inquiète ;
» peut-être qu'elle me cherche dans
» le hameau, volons-y. « Il fe le-
voit en effet ; mais la tendre Florife qui venoit d'apprendre que fon
amant étoit le fils d'une Immortelle,
& qu'elle en étoit fûrement aimée,
fort de derrière l'arbre qui l'avoit
dérobée à fes yeux. Mirtil la voyant
fort parée, la prend pour la Nymphe de la fontaine : » O Déeffe !
lui dit-il, » ne vous oppofez point
» à mes pas ; je fuis un Berger guidé
» par l'Amour, fouffrez que je vole
» auprès de mon amante. « La Ber-

gère, fouriant de la méprife, lui dit :
» Non, aimable Berger, vous ne l'i-
» rez pas chercher loin ; il y a long-
» tems qu'elle vous attend en ces
» lieux. « Mirtil, à ces mots, regardant plus attentivement la Bergère, reconnoît la tendre Florife ;
il l'embraffe cent & cent fois. La
Bergère veut en vain lui reprocher
les allarmes qu'il lui a caufées par
fon abfence ; auprès de fon amant
elle ne fçait qu'être heureufe : rien
n'eft égal à fes tranfports, Pfyché
n'aimoit pas fi tendrement l'Amour.
Mais, femblable à un homme qui,
dans un fonge flatteur, jouit déli-
cieufement de l'objet qu'il a defiré
tout le jour, elle ne prévoit pas que

bientôt il ne lui reftera plus que les regrets de l'illufion.

O mortels, aimés des Dieux ! l'ignorance de l'avenir eft le plus grand bienfait que vous ayez reçu de leur bonté. Sans elle, fûrs des maux qui vous attendent, vous feriez infenfibles aux biens préfens.

La vindicative Flore ne pouvant bannir de fon efprit l'injure qu'Amarillis avoit faite à fes attraits, médite en fecret de s'en venger. Elle veut punir l'innocent Berger qui lui a caufé tant d'allarmes ; mais le connoiffant fils d'une Immortelle, elle employe l'artifice & la rufe. Après avoir enchaîné le

Printems, les Zéphirs, & toute fa
fuite, elle en confie la garde au
Dieu des bois ; & fans déclarer fon
deffein, elle prend les habits d'une
Bergère. Sa robe eft plus blanche
que la neige ; fes cheveux tombent
à longs flots négligemment fur fes
épaules ; elle tient dans fa main une
houlette garnie de fleurs & de ru-
bans : la Déeffe, ainfi métamor-
phofée, fe plaît fous cet habillement, & s'applaudit de fon deffein.

Nos amans éprouvoient encore
ces tendres mouvemens que l'A-
mour infpire aux cœurs bien enflammés, lorfque l'Immortelle les
apperçut de loin. Elle feint de ne

G iij

pas les voir; elle s'affied fur les bords du ruiffeau, & plonge un pied délicat dans fes ondes argentées : fa gorge encore naiffante n'eft voilée que d'une gaze légère, elle la découvre ; elle affecte une pudeur enfantine qui rehauffe l'éclat de fon teint ; fon moindre gefte eft plein de graces. Sans doute que, fi fous cet habillement elle eut difputé la Pomme d'or aux trois Déeffes, elle auroit été préférée par l'infidèle époux d'Œnone. A la vue de tant de charmes, Florife rougit ; mais déja le volage Mirtil, brûlant d'amour pour un fi charmant objet, court fur les bords du ruiffeau. La fauffe Bergère, feignant d'être

épouvantée, retire précipitamment
ses pieds hors de l'eau, & fuit plus
prompte qu'Atalante. L'amoureux
Berger qui la suit de près, l'atteint
dans le milieu du bois, se jette à ses
genoux, & l'entretient de sa flamme.
La Bergère rougit : elle semble n'a-
voir jamais connu l'Amour, & n'entendre pas son langage ; on diroit
que son cœur ne brûla jamais des
feux qu'il allume jusques dans le
sein des Déesses ; jamais on ne dé-
guisa mieux son ame. Elle affecte
un air effrayé, elle veut fuir, Mirtil
s'oppose à sa fuite ; elle fait un nouvel
effort pour lui échapper, & se dé-
barrasse de lui. » Ne fuyez pas, lui
crie le fils d'Adonis, » laissez-moi

» le plaifir d'adorer vos attraits ;
» cruelle Beauté, fi je vous perds,
» je meurs. O ma Mère! retenez-la;
» fans elle, je ne puis être heureux.«
Tes prières font vaines, Mirtil !
Vénus ne peut rien contre le Deftin.

L'amoureux fils d'Adonis vole
fur les traces de la Bergère inconnue ; mais, ô défefpoir ! il ne la
trouve plus : ni fes foupirs, ni fes
larmes, ni la douleur peinte dans
fes yeux, ne touchent l'inhumaine
Déeffe. Il parcourt cent fois le bois,
il retourne à l'endroit où elle lui eft
échappée, il entre dans toutes les
grottes qu'il rencontre, & n'y trouve point fa fugitive Bergère. Or-

phée, lorſqu'il vit ſa chère Euridice
rentrer pour jamais dans les gouffres profonds de l'Averne, ne fut
pas plus déſeſpéré ; les ſons qu'en-
fanta ſa divine lyre, n'étoient ni
plus triſtes ni plus touchans que les
plaintes du beau Mirtil. » Amour,
s'écrie-t-il, » Amour ! prends pitié
» de mes tourmens ; rends-moi la
» Beauté que j'adore, je t'en con-
» jure par les charmes de la belle
» Pſyché. Mais je t'appelle en vain,
» perfide ! Puiſque tu ne voulois
» pas me rendre heureux, pourquoi
» allumois-tu dans mon cœur les
» funeſtes feux de l'inconſtance ?
» Pourquoi m'as-tu fait quitter Flo-
» riſe ? « A ces mots, le Berger

foupira. ›› Florife, reprit-il, ô que
›› les Dieux t'ont bien vengée ! je
›› t'ai quittée pour une cruelle Ber-
›› gère qui me fuit. ‹‹

Il proféroit ces triftes plaintes,
lorfqu'il apperçut la Déeffe dans la
prairie. Il part, il vole après elle,
& déja il eft bien près de l'attein-
dre; mais tout-à-coup elle difparoît
à fes yeux. Immobile, interdit, il
croit que c'eft une illufion : ainfi
fuit un fonge trompeur.

Le Berger regarde au loin dans
la prairie, s'il ne verra pas Florife;
mais elle ne paroît plus, elle eft retournée à fon hameau, où l'affreufe
jaloufie déchire fon cœur. Honteux

de l'avoir abandonnée, il n'ofe plus
fe préfenter à fa vue, il la craint.
» Mais cependant, dit-il, elle m'ai-
» me; fon cœur eft fimple, elle eft
» indulgente; elle me pardonnera
» mon erreur. « Dans cette confiance, il regagnoit le hameau, lorfqu'il vit encore fa fauffe Bergère.
Elle fuit, Mirtil la fuit des yeux;
elle fe cache fur les bords du Ladon,
& bientôt elle eft fuivie du Berger.
Trois fois il l'appelle, trois fois pour
la trouver il écarte les rofeaux;
l'inhumaine fe plaît à jouir de fon
défefpoir. Alors fuccombant fous
le poids de la douleur : » Amour!
s'écrie encore le fils d'Adonis,
» viens donc recevoir mes der-

» niers foupirs, viens voir mourir
» le plus tendre des amans ; ou, fi
» c'eft là le malheur que m'a prédit
» ma Mère, vole, viens m'arracher
» à mon cruel fort. « Ces triftes
plaintes touchèrent l'Amour, il
court vers fa Mère : » O Vénus,
lui dit-il, » vous abandonnez votre
» fils à l'excès de fon défefpoir !
» permettez-moi d'aller à fon fe-
» cours. « Volez, volez, mon fils,
lui dit-elle : » allumez tous vos feux
» dans le cœur de l'inhumaine Flo-
» re ; qu'elle brûle à fon tour pour
» votre frère ; le tems de fon in-
» fortune eft paffé. « Auffitôt l'A-
mour monte fur le char de fa Mère:
fes aîles lui deviennent inutiles,

deux cygnes plus rapides que les
vents le tranſportent dans l'Arcadie. Mirtil apperçoit le char de
Vénus, & ſe proſterne en l'adorant.
L'Amour deſcend, & il aborde d'un
air riant le Berger : »Je viens, lui dit-
il, » mettre fin à vos tourmens. Ne
» vous y trompez pas, mon frère: ce
» n'eſt point une Bergère qui vous at-
» tire ſur ces bords; c'eſt une Déeſſe,
» c'eſt Flore même. Elle veut venger
» l'injure que votre première aman-
» te fit à ſes attraits : mais ne crai-
» gnez rien, bientôt elle connoîtra
» mon pouvoir. « Il dit, & ſecouant
ſes aîles agiles, il s'élève dans les
airs. Comme on voit le cruel vau-
tour chercher d'un œil avide la timide colombe, ainſi l'Amour plane

fur les rofeaux qui cachent la Déeffe.
Son œil perçant la découvre bientôt : il prend fon arc, & décoche
un trait dont Flore eft frappée. Elle
ne fçait d'où peut lui venir une atteinte fi fenfible ; mais appercevant
l'Amour, qui s'élève en riant vers
le Ciel, elle déplore fon impruden-
ce. ›› Inconfidérée, s'écrie-t-elle !
›› pouvois-je ignorer que rien ne
›› réfifte à l'Amour ? Vouloir jouer
›› avec ce Dieu, c'eft fe charger de
›› chaînes. ‹‹ Elle veut encore refter
cachée aux yeux du Berger qu'elle
aime déja, mais fa paffion l'emporte.
Flore vole fur le rivage : elle quitte
fa parure empruntée pour reprendre
fon habillement ordinaire ; le Berger, ébloui de fon éclat divin, ne la

regarde qu'en tremblant ; il a toujours pour elle la même tendreffe,
& Flore n'a plus pour lui la même
rigueur.

Les Zéphirs, qui s'étoient fouf-
traits à la garde du Dieu des bois,
voyent avec étonnement leur fière
Déeffe fe laiffer approcher d'un
mortel : leur préfence importune
irrite Flore. ›› Pourquoi, leur dit-
elle d'un ton févère, ›› pourquoi
›› avez-vous brifé vos liens ? Que
›› n'êtes-vous reftés auprès du Prin-
›› tems ? Vents indociles, redoutez
›› mon courroux. ‹‹ Les Zéphirs
épouvantés retournent reprendre
leurs chaînes.

Mirtil, enhardi par les regards

enflammés de la Déeſſe, tombe à ſes genoux ; il les tient long-tems embraſſés, il ne peut s'exprimer que par des ſoupirs. Flore lui fait l'accueil le plus tendre. » Levez-vous, » Berger, lui dit-elle, je ne vous » confonds pas avec les autres mor- » tels ; je ſçais que vous êtes iſſu » d'un ſang plus noble : venez, » ſuivez-moi dans mon empire. « Le fils d'Adonis peut à peine concevoir l'excès de ſon bonheur : il oſe porter ſa bouche ſur la main de la Déeſſe ; elle le ſouffre, il l'a reporte encore, & Flore attache à l'inſtant ſur lui des regards où l'amour éclate. Le Berger ſe lève, il ſuit la Reine des fleurs, & bientôt ils arrivent dans ſes jardins délicieux.

CHANT

H. Gravelot inv.

Louis Ingrand, Sculp.

CHANT SIXIÈME.

DANS un bosquet planté de jasmins & de rosiers toujours fleuris, murmure agréablement un clair ruisseau ; son onde fugitive, qui semble quitter à regret un lieu si charmant, y fait mille détours. Flore choisit ce lieu, pour y conduire son Berger. Ils arrivent : aussitôt mille fleurs naissent sous leurs pas ; un vent plus doux agite les feuillages ; les Zéphirs, libres de leurs chaînes, folâtrent & jouent dans les airs. Le Printems prépare

H

un lit de fleurs ; Flore s'y place, &
fon amant fe met à fes pieds. Alors,
voulant éloigner fa Cour importune : volez, dit la Déeffe aux Zéphirs,
volez dans les jardins qui compofent
mon domaine, & répandez mes bienfaits ; que toute la terre foit riante
& fleurie : ma préfence fuffira pour
embellir cet afyle. Auffitôt, dociles
à fa voix, les Zéphirs volent loin
de la Déeffe, le Printems les fuit de
près, & leur préfence répand par-
tout la joie & l'allégreffe. On entend de tous côtés des concerts enchanteurs : on voit les jeunes Bergères accorder leurs danfes naïves
aux fons des chalumeaux de leurs
Bergers. Les fleurs embelliffent les

prairies ; les oifeaux amoureux re-
doublent leurs careffes & leurs
chants ; l'air eft plus pur, le murmure de l'onde eft plus doux ; tout
s'embellit dans la Nature, & femble
ne refpirer que l'Amour.

Cependant Flore fourit à fon
amant. La plus vive émotion eft
peinte fur le vifage de la Déeffe ;
elle refufe à fon Berger une faveur,
& lui en accorde mille autres ; puis
dans un long foupir elle exhale fa
tendreffe. Enfin l'immortelle cède à
l'Amour ; ce Dieu s'empare de fon
cœur, il fe gliffe dans fes veines, il pé-
tille dans fes yeux. L'heureux Mirtil
brûle des mêmes feux ; leurs fou-

H ij

pirs s'uniffent, leurs regards fe con-
fondent, leurs ames s'entremêlent,
ils expirent dans les bras du Plaifir :
mais bientôt une douce langueur
fuccède aux tranfports du Berger.
La Déeffe en eft furprife ; elle oublie
que fon amant n'eft qu'un foible
mortel. Mirtil, en foupirant, lui
rappelle les malheurs de fa condi-
tion, & Flore en foupire à fon tour.

» Je vois, dit Flore à fon amant,
» un hautbois pendu à votre côté,
» faites-lui célébrer nos amours. «
Auffitôt le fils d'Adonis en tire les
accords les plus tendres ; toute la
rive paroît enchantée. Attirées par
cette douce harmonie, les Naïades

fortent de leurs grottes; Philomèle
jaloufe veut en vain l'emporter par
l'éclat de fes chants; bientôt con-
fufe, elle eft obligée de fe taire.
Flore, la fenfible Flore, entraînée
par cette agréable mélodie, pouffe
mille foupirs; un tendre feu s'allume dans fes yeux, elle refpire à
peine; fon ame femble voltiger fur
fa bouche, elle femble appeller celle
de fon amant. Mirtil voit le trouble de fon ame, & fon hautbois lui
tombe des mains. Dieux immortels!
pouvez-vous goûter des plaifirs plus
vifs? Que Mirtil en ce moment eft
cher à l'amoureufe Déeffe! Non,
jamais, ni les careffes du Printems, ni les tranfports de Zéphire,

n'égalèrent, à fon gré, les douceurs
qu'elle goûte dans les bras du jeune
Berger. Flore bénit cent & cent
fois la réfolution qu'elle a prife de
fe venger du fils de Vénus. C'eft à
cette réfolution qu'elle doit l'excès
de fon bonheur : fans l'idée de cette
vengeance, elle n'eut jamais éprouvé des feux qu'elle préfère à fon
immortalité.

L'Amour l'a bleffée d'un trait fi
puiffant, que rien ne peut modérer
la violence de fon ardeur ; elle
brûle de l'amour le plus vif, & elle
cherche encore à s'enflammer davantage : c'eft ainfi qu'aiment les
Déeffes. Tel fut l'emportement de

Vénus pour Adonis, & celui de
l'amante de Céphale.

Jupiter, du haut de l'Olympe,
voyant le défordre où l'Amour
plongeoit la Déeffe des fleurs,
craint que, pour plaire à fon amant,
elle ne néglige le foin de parer la
terre de fes plus doux ornemens :
la Nature, privée de fon fecours,
ne produiroit que d'inutiles plantes.
Il appelle le Meffager des Cieux,
& fe fait apporter le Livre du Deftin. Le Livre fatal eft à l'inftant
ouvert à fes yeux : il lit fur fes feuil-
lets de fer le trifte fort du fils d'A-
donis, qui doit, avant que le Soleil
ait éclairé trois fois le Monde, def-

cendre dans le fombre empire de
Pluton. Jupiter, qui prévoit le cha-
grin que reffentiront de fa perte &
la Mère & l'amante du Berger, dit à
Mercure : ›› Volez, mon fils, volez
›› auprès de Flore ; dites-lui que le
›› Deftin ordonne qu'elle fe fépare
›› de fon amant. Enfuite vous irez
›› dans l'Ifle de Chypre, vous annon-
›› cerez à Vénus que fon fils ne doit
›› pas voir la quatrième Aurore :
›› mais ajoutez, pour la confoler,
›› que je lui laiffe le choix de fa
›› mort. « Auffitôt le fils de Maïa
attache fes aîles, & prend fon cadu-
cée. Déja loin du trône de fon père,
il parcourt le vafte efpace des airs :
il fourit en voyant les gras pâtura-

ges de la Theſſalie, où il vola la
lyre & le carquois d'Apollon, qui,
dans ce tems, banni du Ciel, paiſ-
ſoit les troupeaux d'Admète. Il voit
avec plus de plaiſir encore, ſur la
queue d'un pan ſuperbe, les yeux
de l'incommode Argus; c'eſt lui qui
l'ayant endormi par les doux ſons
de ſa lyre, en délivra le Maître des
Dieux. Enfin il arrive dans l'empire de Flore. La Déeſſe promène
mollement ſes pas ſur les bords du
ruiſſeau, & Mirtil vient placer ſur
ſa tête une couronne de roſes.
Flore ſourit, elle enchaîne ſon
amant avec des guirlandes de fleurs;
mais le Berger a bientôt briſé cette
foible chaîne. » Déeſſe, lui dit-il,

» les liens de l'Amour font plus
» forts que les vôtres ; vous voyez
» avec quelle facilité je me fuis dé-
» gagé de ceux-ci ; mais tous mes
» efforts feroient vains pour brifer
» les nœuds qui vous attachent mon
» cœur. « Mercure admire la ga-
lanterie du fils d'Adonis ; il ne voudroit pas, en fa préfence, s'acquit-
ter de l'ordre fatal dont il eft
chargé.

Le Soleil avoit fini fa courfe : les
chevaux de la Lune traînoient fon
char d'argent dans les airs, lorfque
Mirtil s'endormit près de fon
amante. Tantôt, crainte de l'éveil-
ler, Flore baife doucement fa belle

bouche ; elle foupire, elle la baife encore, & fon cœur s'abandonne à fon ivreffe. Elle étoit dans cette douce occupation, lorfqu'elle apperçut le Meffager des Dieux. A cette vue, fon cœur palpite de crainte ; un fecret preffentiment lui annonce fon malheur. Mercure l'aborde d'un air trifte, & partageant fa douleur, il lui dit : » Déeffe, » le Maître des Dieux veut que » vous vous fépariez de Mirtil ; » c'eft l'ordre abfolu du Deftin. « Il dit, & d'un vol rapide, il gagne Cythère.

Flore s'abandonne à la plus vive douleur : elle préféreroit la mort à la feule idée de perdre Mirtil ; elle maudit l'inflexible puiffance qui s'oppofe à fa félicité. ›› Que Jupiter, s'écrie-t-elle, ›› règle à fon gré ›› l'Univers; qu'il me raviffe même, ›› s'il lui plaît, mon empire, j'y con- ›› fens ; mais me féparer de mon ›› Berger ! que plutôt la foudre ›› écrafe ma tête rebelle. Le cruel! ›› me fuis-je jamais oppofée à fes ›› amours ? N'a-t-on pas vû mille ›› fois le front de fes amantes cou- ›› ronné de fleurs ? « Mirtil fe ré- veille à fes cris ; il voit avec furprife fon amante éplorée : ›› Quel fujet, lui dit-il, ›› peut faire couler vos ›› larmes ? Ah ! Déeffe ! permettez- ›› moi de les effuyer. « Flore le ré-

garde en foupirant ; fes yeux font
triftement attachés fur lui. Le fils
d'Adonis la preffe en vain de lui
déclarer la caufe de fes allarmes,
Flore ne lui répond que par des
foupirs & par des fanglots.

Mercure étoit déja dans le Temple d'Amathonte : la nouvelle qu'il
y avoit portée, avoit répandu le
deuil & la trifteffe ; Vénus pleuroit
la mort d'un fils aimé tendrement.
» Barbare Deftin, s'écrioit-elle, tu
» n'es donc pas content de m'avoir
» enlevé le père ? il faut que tu me
» prive encore de la douce confola-
» tion de le voir revivre dans fon fils.
Toute fa Cour partageoit fa dou-

leur : les Graces n'étoient occupées qu'à essuyer les larmes de la Déesse, & les Amours allarmés marquoient par leur empressement leur tendre inquiétude. Vénus, sensible à leurs soins, leur adresse ces tristes paroles.

» O mes fils ! le cruel Destin veut
» la mort d'un Berger qui m'est
» cher : cependant il me laisse une
» foible consolation ; je puis lui
» choisir le genre de mort le plus
» doux. Il faut donc qu'il expire sur
» le sein de son amante. Volez,
» Amours, volez, emparez-vous
» des ciseaux de la Parque ; vous-
» mêmes, avec ceux que vous
» prendrez des mains du Plaisir,
» vous couperez le fil de ses jours. «

Vénus dit, & ſes beaux yeux ré-
pandirent encore des larmes. Auſſitôt les Amours, prompts à la ſervir,
volent dans les noirs gouffres de
l'Averne. Ils n'attendent pas, pour
paſſer le Stix, la Barque de l'avare
Caron ; leurs aîles agiles les tranſportent au-delà du fleuve infernal.
Ils traverſent les obſcurs détours
du Ténare : ils apperçoivent le malheureux Ixion ; les cruelles Eumé-
nides, pour le punir de l'inſulte
qu'il oſa faire à l'épouſe de Jupiter,
l'avoient attaché à une roue qui
tourne ſans ceſſe. Plus loin, ils apperçoivent le Brigand dont Théſée
délivra l'Attique : il eſt couvert de
ſueur & de pouſſière ; il remonte,

avec effort, au sommet d'une mon-
tagne le fatal rocher qui doit sans
cesse retomber sur lui. Tu frappas
aussi leurs regards, père impie de
Pélops ; la soif la plus ardente te
tourmente au milieu des eaux. Enfin
ils parviennent au sombre séjour de
Pluton. Le Dieu des Ombres est
assis sur un trône de fer, & Proser-
pine est à ses côtés. Ce n'est plus
cette jeune Nymphe qui cueilloit
des fleurs dans les campagnes de la
Sicile : c'est la plus cruelle des Di-
vinités. Ses yeux sont enflammés de
fureur ; d'horribles serpens sifflent
sur sa tête. Les Amours timides,
effrayés, reculent d'abord à son
aspect ; mais ensuite, devenus plus
hardis,

hardis, ils s'approchent de la Déeſſe.
Déja Proſerpine eſt moins farouche:
rien ne s'oppoſe à leur paſſage ; les
Furies baiſſent leurs flambeaux. Ils
vont arracher des ſoupirs à l'inflexible Atropos ; & l'un d'eux, tenant
le fatal Ciſeau que Vénus lui a fait
remettre, attend, pour couper la
trame de Mirtil, l'heure marquée
par le Deſtin.

Depuis l'ordre que Flore avoit
reçu de ſe ſéparer de ſon amant,
le Soleil étoit trois fois ſorti du ſein
de Thétis. La Déeſſe, toujours plus
allarmée, s'abandonnoit à la plus
vive douleur : elle ne prévoyoit
pourtant pas la mort prochaine de

I

fon amant. Noire fille du Sommeil
& de la Nuit, Mort cruelle, laiffe-
toi toucher par les larmes des deux
plus aimables Déeffes. Ah ! fi leur
défefpoir pouvoit t'attendrir ! . . . .
Mais non, ta main barbare moif-
fonne indiftinctement tous ceux
qui fe trouvent fous ta faux.

Le fils d'Adonis, ignorant fon
malheur, preffoit toujours de plus
en plus la Déeffe de lui déclarer le
fujet de fes allarmes. » Chère Flore,
difoit-il, » pouvez-vous craindre de
» confier les fecrets de votre cœur à
» un amant qui ne refpire que pour
» vous ? Ingrate ! je n'entrevois que
» trop la caufe de votre douleur :

» vous ne m'aimez plus, ou vous
» rougiſſez de m'avoir aimé. » Cher
» amant! reprit vivement la Déeſſe,
» jamais amour ne fut égal au mien:
» le Ciel, qui eſt témoin de mes lar-
» mes, ſçait ſi mon cœur eſt changé.
Mirtil, raſſuré par le diſcours de
ſon amante immortelle, veut lui
donner de nouvelles preuves de ſa
tendreſſe : elle le reçoit dans ſes
bras, elle le ſerre étroitement.
L'Amour ſaiſit cet inſtant pour
couper le fil des jours de Mirtil : ce
Berger pouſſe un profond ſoupir,
& il expire ſur le ſein de la Déeſſe. ——
Flore, voyant Mirtil ſans mouve-
ment, ſoupçonne, mais trop tard,
la cruauté du Deſtin. Pour s'en aſſu-

rer davantage, elle porte ſes lèvres
ſur celles de ſon amant. Mais, ô
déſeſpoir ! elle n'y ſent plus cette
douce chaleur qui les animoit : un
froid mortel lui a ſuccédé. Auſſitôt,
s'abandonnant aux plus violens
tranſports, l'Immortelle veut faire
éclater ſes cris ; mais un morne
ſilence, enfant du déſeſpoir & de
l'abattement, fait expirer ſes paroles ſur ſes lèvres. Son cœur eſt trop
ſerré ; ſes yeux ne verſent point
encore de larmes ; mais comme on
voit un torrent impétueux rompre,
en bouillonnant, les digues qui
s'oppoſent à ſon cours, de même
la douleur de Flore s'ouvre bientôt
un paſſage. » O mon cher amant,

s'écrie-t-elle, » je ne pourrai donc
» plus ni te voir ni t'entendre ; je
» t'ai perdu, je t'ai vû mourir,
» cher Mirtil, & il faut que je te
» furvive ! Non, non, je veux te
» fuivre au tombeau, Ombre ché-
» rie ! je ne te quitterai jamais.
» Reçois encore ce baifer, reçois
» mon dernier foupir, ou plutôt
» reviens au jour, réveille-toi à la
» voix de ton amante. Malheureu-
» fe ! je l'appelle en vain ; fa belle
» ame a déja paffé la fatale Barque.
» Dieux, jaloux de mon bonheur!
» anéantiffez-moi dans l'inftant ;
» ôtez-moi l'immortalité que je dé-
» tefte, puifqu'elle me fépare à ja-
» mais du plus aimable des mortels.

Tandis que Flore exhaloit ainſi ſa fureur, Vénus, occupée de ſoins maternels, fait enlever le corps de Mirtil. On élève un bucher près du Temple d'Amathonte ; on y place le corps du malheureux fils d'Adonis : la fumée, en tourbillon, s'élance dans les airs, la flamme commence à briller. Les Amours avancent d'un pas lent & lugubre, leurs arcs ſont renverſés, leurs yeux ſont mouillés de larmes. Les Ris & les Jeux, couronnés de noirs cyprès, pleurent pour la première fois. A leur ſuite, les Graces, couvertes d'un habit de deuil, & la triſteſſe peinte ſur le viſage, ſoutiennent leur Reine déſolée. Bientôt toute la dépouille mortelle de Mirtil eſt conſumée par les flammes. Vénus, en pleurant, arroſe de la plus pure ambroiſie les cendres encore fumantes de ſon fils. Ces cendres chéries ſont recueillies par les Graces, renfermées dans une Urne d'or, & placées par le Grand-Prêtre dans le ſanctuaire du Temple.

FIN.

EXPLICATION

EXPLICATION DES FIGURES
qui font à la tête de chaque Chant.

CHANT PREMIER.

On voit au-deſſus d'un vallon un hameau conſacré à *Vénus*, & vis-à-vis le Temple d'*Amathonte*. Sur le penchant de la colline, *Amarillis*, jeune Bergère, eſt aſſiſe avec *Mirtil* ſur des fleurs, à l'ombre d'un épais feuillage ; leurs troupeaux errent dans la prairie.

CHANT SECOND.

Même fond d'Eſtampe. Amarillis eſt élevée ſur un trône de gazons fleuris. Un jeune Zéphire voltige autour d'elle pour la rafraîchir, & pluſieurs Amours l'environnent. Mirtil la montre à des Bergers qui, la prenant pour Vénus, s'apprêtent à célébrer ſa préſence. Deux cygnes, oiſeaux conſacrés à la Déeſſe, ſe promènent ſur un ruiſſeau qui coule dans la prairie.

CHANT TROISIÉME.

La Scène est encore la même. Syl-
vanire, autre Bergère rivale d'Ama-
rillis, est assise au bord d'une grotte ;
l'inconstant Mirtil est à ses genoux.
Amarillis vient pour les surprendre.

CHANT QUATRIEME.

Le fond de l'Estampe est une prai-
rie arrosée par le fleuve Ladon. A
l'entrée d'un bosquet, situé sur ses
bords, Mirtil embrasse la Bergère

Florife. Un jeune Sylvain, à moitié caché derrière les arbres, regarde ces amans d'un œil curieux, & femble envier leur bonheur. Deux tourterelles perchées fur un arbre, & qui fe donnent, à leur exemple, des baifers amoureux, achèvent ce Tableau galant.

CHANT CINQUIÉME.

On voit encore ici le fleuve Ladon. Flore eft cachée dans les rofeaux qui couvrent fes bords, & Mirtil marque fa furprife en l'appercevant. L'Amour, qui vient de décocher un de fes traits à la Déeffe, eft élevé dans les airs, & prêt à remonter fur le char de Vénus. Flore étonnée femble chercher des yeux d'où part le trait dont elle fent l'atteinte.

CHANT SIXIEME.

Jupiter, dans tout l'appareil de fa gloire, & accompagné de fon aigle, ordonne à Mercure d'aller annoncer à Flore & à Vénus la mort inévitable & prochaine de l'infortuné fils d'Adonis, dont il vient de lire le fort dans le Livre du Deftin. Le Temple d'Amathonte forme le fond de l'Eftampe. Près de ce Temple, eft un bucher fur lequel on voit le corps

de Mirtil. *Les Amours l'environnent*
& pleurent la mort de leur frère. Vénus
arrose d'ambroisie le corps de son fils,
& les Graces, qui l'accompagnent,
paroissent partager sa douleur. Un
Grand-Prêtre, vêtu de ses ornemens,
porte l'Urne destinée à renfermer les
cendres de Mirtil. Au pied du bucher
on voit le chien du fils de Vénus,
attristé de la mort de son Maître.